CARRACHINAS

59

AGUA, PERRO, CABALLO, CABEZA

Gonçalo M. Tavares

Traducción de Florencia Garramuño

Xordica

Esta obra ha sido apoyada por la
Direcção-Geral do Livro e das Bibliotecas / Portugal

DG
LB
DIRECÇÃO-GERAL
DO LIVRO E DAS
BIBLIOTECAS

Fotografía de portada:
Karto Gimeno

Título original: *Água, cão, cavalo, cabeça*

Publicado por acuerdo con Literarische Agentur
Dr. Ray-Güde Mertin Inh, Nicole Witt e. K.,
Frankfurt am Main, Germany

Revisión de la traducción, Chusé Raúl Usón
Diseño y Maquetación:
XORDICA EDITORIAL
Apartado de Correos 1536
50080 ZARAGOZA
Tlf.: 608-033949
www.xordica.com

Depósito legal: Z-1187-10
ISBN: 978-84-96457-46-1

Impreso en Zaragoza por *Talleres Editoriales Cometa, S. A.*

LA VIEJA A LA QUE LE TIEMBLA LA CABEZA, EN EL CAFÉ

El silencio, pero no como en la misa o en el ejército. El susto que nos suspende por completo viene de dentro. Como si mis pies existieran un momento antes y desaparecieran al momento siguiente.

Vas a morir, querido. Prepara tus zapatos negros; es necesario comprar zapatos negros, no te olvides.

A una vieja sentada en el café le tiembla la cabeza; no consigue sostenerla, a veces hace incluso el gesto (de intentar agarrarla), pero ya no tiene fuerza en las manos, y la vida es vulgar, es banalidad, es asco y sangre. En los cafés, en las camas con los amantes, en la silla a la espera de la muerte del padre, en la calle, desprevenido; se muere en todas partes, en todos los espacios y en todos los tiempos; ya debe de haberle ocurrido (a centenas), durante la misa, durante un funeral ya millares deben de haber muerto, cayeron al suelo, se piensa de inmediato en un desmayo: ¿por qué lloramos ahora si hay dos muertos y hacia dónde vamos si hay dos cortejos avanzando en direcciones opuestas?

Dos soldados, en vez de enterrar los cadáveres de sus amigos muertos en batalla, escaparon a las órdenes y en un pequeño bar, todavía con el uniforme manchado, mandan venir a una mujer –una prostituta– y los dos suben con ella a un cuarto y fornican. Uno colocándole el pene en la boca y el otro fornicándola por atrás como hacen los perros con las perras y los hombres con las mujeres o con otros hombres.

LA ARMONÍA

En determinado momento pararon. El perro ensangrentado gemía. Pero no estaba muerto.

(Somos todos hermanos, hermanos).

Vamos a suponer que se llamaba María y que era una mujer mala y falsa. Un día, de noche, sin saber por qué, había dos hombres a su alrededor. Fue asaltada, tirada al piso, violada.

María llegó a su casa y no pudo decir nada. Su hermana lloraba. María tenía los ojos rojos, el cuerpo negro, temblaba, no podía hablar. Sangre en la ropa.

Y por María –que era una mujer mala, siempre había sido una intrigante, falsa–, por ella lloraron algunas personas. Cinco por lo menos (que yo conté): la hermana, la madre, el padre, una chica (a veces hablaban); y otra persona que nunca hasta ahora había sido vista.

¿Qué me importan los perros? Un animal es tanto o menos que una máquina y en la lucha entre los dos que gane el mejor. Pegarle a un perro es lo mismo que abofetear a una máquina. ¿De qué sirve, qué maldad es esa?

El azar y las circunstancias. Es el destino, el cruce entre el acontecimiento y un hombre, lo que amplía o no el reino de la banalidad. Poco depende del hombre

–casi todo es impuesto por el día, por sus exigencias de causas casi siempre oscuras.

El único fenómeno extraño al instinto de supervivencia que manda en cualquier persona, animal o ángel que exista es el amor. Pero el amor es tan popular entre los vivos que se ha convertido en un sentimiento de la multitud: hay que recelar de él como se recela de la consigna de orden de cualquier grupo exaltado.

El perro puede ser visto como música equilibrada (armonía es la palabra) debido a sus cuatro patas (como una mesa orgánica). Pero si al perro se le corta una de las patas nuestra vida se altera, y todo sangra, como quien es traicionado por una mujer o por la muerte de su padre.

EL DOLOR DE MUELAS

El dolor de muelas es tremendo: ¿cómo mezclar el razonamiento con esta fiebre local, estúpida?

Empieza a cantar, imbécil: la voz se lleva la fiebre, la esconde. De cualquier manera, ella, la fiebre, es mejor en los otros que en ti.

Música de jazz (de fondo).

Un bar en el centro de París, dos prostitutas hacen poses (escenas, como se dice), el muslo es demasiado lascivo: como el pene erecto del burro.

¿Cómo estás? Eres una bella mujer.

Me adormezco, esta liga negra, la música.

De allí afuera viene alguien de la lluvia, me avisan de que mi padre está ardiendo y digo:

–Esperen.

Pido otra cerveza.

–Esta música, ¿la oyes? Alguien decía que las palabras fueron inventadas por sordos. Debes cantar, querido, hacer ruidos con el cuerpo.

En los días de lluvia: se escribe con el dedo en el cristal empañado. Hay palabras que, escritas, cortan el cristal como las herramientas de los ladrones. ¿Un ejemplo? Esta frase:

El animal royó los huesos de mi padre.

En la televisión, días atrás, dieron la noticia de un robo de escopetas y municiones.

Hay hombres armados allí fuera; me escondo en el cerebro.

La mujer canta con una cara una canción imbécil. El perro quiere entrar en el bar y la prostituta le da con fuerza una patada en el hocico.

Yo digo:

–Tu liga negra.

–Me sirve para esto –me ha dicho ella.

–Lo de siempre, ¡desnúdate despacio!

La canción ha terminado.

–Primero el dinero.

–No –respondo–, la liga negra primero.

Ella se quita la liga.

–Ahora el dinero.

(Le corto el cuello, le corto el cuello).

Saco la cartera de la chaqueta y me quito la chaqueta. Saco el dinero de la cartera. Me quito la camisa. Le doy el dinero (¿iba a darle la camisa en vez del dinero, qué estás pensando? En la muerte, hermano, en la muerte).

–Falta dinero.

(¿Le doy una bofetada? ¿Se la doy?). La abofeteo y digo:

–No deberías patear a los perros que quieren oír jazz.

Ella pregunta:

–¿Por qué me has pegado?

Los perros no oyen jazz fácilmente. (No le he dicho esto).

Le he dado el resto del dinero y un billete más.

–Por ser tan simpática –he dicho– y por no gritar cuando te pegue más.

–No me vas a pegar más.

Le he dado un puñetazo, en el lado derecho de la cara. He ido hacia la chaqueta. Un billete más grande. Se lo he dado.

Está sangrando. Me insulta:

–¡Cabrón! (Ella no se da cuenta de que a mí me gusta jugar; ¿debo mostrarle ya todo mi odio a las cosas?).

He empezado a hablar, quitándome los pantalones.

«Y si me pegas fuego al cerebro
seguiré llevándote en la sangre».

–Son versos –le he dicho.

Un poeta.

Ella ha repetido.

–¡Cabrón!

Pero ha seguido desnudándose.

He empezado a hablar. Le he dicho:

–El perro intenta entrar en un bar lleno de humo. Estoy desnudo y llueve, la lluvia es imbécil y llama a los remordimientos, pero no tenemos la culpa de nada, querido, no me elegiste, Cristo, sobreviví a los santos, estoy aquí, en la casa de la prostituta y voy a matarla.

–Tengo aquí un informe médico –digo.

–No me molestes, hijo de puta –dice ella. (Ella todavía no se ha dado cuenta de que siento placer en el juego, ¿le muestro mi odio a las cosas? Espera; primero el juego. Jugar con la angustia de los otros).

–Es un examen de cabeza.

He ido a buscarlo. Lo he sacado del sobre.

(Estoy desnudo y ella tiene un cuerpo asqueroso: las tetas, pelos en el ombligo, caderas arruinadas).

–No eres muy bonita –le he dicho.

Ella se quita (¿se pone?) una de las ligas negras.

–Te la voy a enseñar.

He sacado la radiografía. Me he sentado a su lado en la cama con la radiografía en la mano. Estoy desnudo y excitado, y ella tiene un cuerpo asqueroso. Le enseño la radiografía:

–Esto es una cabeza y esta cabeza tiene problemas.

Ella me pregunta.

–¿Cuándo vamos a follar?

–Un cerebro puede ser visto por dentro como se hace con las costillas. ¿Ves?

Las tetas caídas, asquerosas, un fruto con la parte podrida rozándome el hombro.

–Voy a vestirme –dice, pero se mantiene sentada en la cama, exactamente en la misma posición–, estás loco.

He pensado: voy a cortarte la cabeza como en la guillotina.

(Un dolor de muelas tremendo).

Me levanto, estoy desnudo, llevo la radiografía en la mano, la lluvia no para, afortunadamente, el cristal empañado; no escribas aquella frase.

Cojo la radiografía y la pongo sobre el cristal. Le explico las diferentes partes del cerebro, pero la mujer no está escuchándome, está llorando.

–Has cerrado la puerta –ha dicho.

–Voy a hablar un poco más –he dicho yo–. Después voy a cortarte la garganta con el papel de la radiografía.

He pasado (el papel) por mi dedo índice y me he cortado. He comenzado a sangrar.

–Es muy fino –he dicho.

Un filo como cinco hojas de radiografía pegadas unas a otras.

Ella está temblando. La música de jazz no llega hasta aquí porque hemos subido muchas escaleras (¿en qué piso estamos?) y hay puertas, una serie de ellas de madera y madera y madera.

Un estudio sobre el sonido. Madera y madera y escaleras y madera y madera.

–Vas a morir antes que mi padre –le he dicho, y ella me ha escupido– y es justo –le he dicho.

La lluvia.

Claro, a la rabia se la domestica como a los perros. Pero, algunas veces, alguien cede y dispara una bala a dos metros de la cara de otro, en pleno café.

Una tesis; esta:

«Un hombre sólo puede actuar porque puede ignorar, y contentarse con una parte del conocimiento». (Y sobre el conocimiento escribe que es el capricho particular del hombre: sobrepasa lo necesario).

Tienes dos metros para saltar y saltas cuatro, pero esos dos de más no cuentan sino para el orgullo: no recibes más puntos ni menos enfermedades; se ha exhibido una habilidad, eso es todo.

Las oportunidades de suicidio se pierden como las monedas. Pero si hacen mucho ruido al caer al suelo, te vuelves, te agachas y recuperas esa moneda: guárdala bien, un día podrías tener que utilizarla.

La misma moneda que no sale de la posesión de la misma persona. Es imaginar un azar de estos, quince años con la misma moneda: fue el azar, nada intencional.

Se tiró del puente. Paró el coche. Anduvo unos metros sobre el puente. Y después se tiró. En el funeral, había mujeres que lloraban y hombres que lloraban sin esconder la cara: nada asusta más que una cosa vertical y seria que llora, aceptación de todo: yo acepto, él acepta, todos aceptan.

Y, claro, el puente: el suicidio. Es que a veces es la rabia la que domestica al cuerpo. No siempre los vivos son fuertes como algunos vivos son fuertes.

UN CORAZÓN DE ROSAS

Un corazón de rosas como solo en ciertas casas.

Se adormece. Orina en la botella de agua y la esparce sobre las flores. Se adormece. No lo despiertes.

Entro en el cuarto; él duerme, con su corazón hecho de rosas rojas artificiales. Lo agarra. Está en la mesita de noche. El corazón.

Un hombre acostado con otro hombre, los dos culo contra culo, los dos desnudos, el de allí llora y el de aquí lo intenta.

Veamos: el corazón de rosas rojas es artificial porque el corazón verdadero es de otro material, ya lo sabías. Anatomía. Fisiología y nervios –y otros nombres. El cuerpo es Dios degradado. Coge las rosas, las rosas, la rosa.

Mis dos hijas son pequeñas: la mayor tiene un año y medio y es la mayor; la otra tiene tres meses. Le pega en la cabeza con fuerza, la mayor.

Pone dinero entre las rosas para aumentar la calidad de la oferta, celebra, bebe.

La locura sale mal. Aquel joven… no se oye cuando habla, con la boca doblada, el cuerpo inclinado hacia un lado como si el viento entrara con él en los edificios; vino a avisar: no se entiende nada; estoy en el banco:

quiero ingresar más dinero, más dinero, más dinero, estoy en la cola. Hay muchos delante de mí, y él entró, habló en voz alta como si diera un recado y decía un recado: es quien aparca los coches, él. Preguntó si alguien tiene un coche allí, debe de estar delante de otro, el coche. Y un segundo coche no debe de poder salir. Nadie le entendió, al loco, loco, loco.

Tiene paladar de menos o de más para el lenguaje, paladar, paladar.

Ni lo miraron. En los mostradores del banco se trabaja con el tono correcto: todas las personas entienden, los locos son negocios errados y el banco es el negocio más seguro.

La música: «ando despacio porque ya tuve prisa».

Ingresé el dinero, el dinero.

Al final de la tarde la mujer baña a su hija de tres meses dentro de una bañera pequeña roja, que cabe dentro de la grande. Y la hija mayor tiene un vaso pequeño y saca agua del baño de la hermana, y bebe. Yo le digo: no bebas eso; pero ella bebe.

Se puso la camisa, estaba desnudo.

–No vuelvo.

El segundo está vuelto hacia el otro lado, pero llora.

–Voy a comprarte una chaqueta larga, voy a bajar corriendo la avenida y cuando esté llena de gente voy a gritar tu nombre para avergonzarte.

El otro está vuelto hacia el lado opuesto. Está desnudo, pero con las sábanas encima nadie está desnudo.

–No eres débil, no eres débil; yo soy débil, me voy.

Te conté que a las tres de la mañana encontré un perro herido y lo llevé en brazos y apareció el dueño unos metros más adelante y me preguntó qué estaba haciendo: él quería abandonar al perro, que yo lo dejara, él era su dueño. Acabé en su casa, nosotros dos y el perro, él contándome su vida. Había tenido una abuela que adoraba al perro, pero la abuela murió y él agarró la pata del perro y con una pistola que solo hace ruido, primero le disparó en la pata, y esto es violento pero no muy violento, y después agarró la cabeza del perro y apoyó la pistola sobre la cabeza del perro.

–Nunca pensé que fuera a tener algún efecto.

(La forma en que el perro camina no se debe al tiro en el pie, sino en la cabeza: está loco, el perro; se nota en las patas).

Mientras tanto mi hija bebe el agua del baño de su hermana con un vaso azul que encaja en otros vasos más grandes, y tiene un año y medio y de aquí a veinte años no va a beber el agua de su hermana.

Los hijos crecen como la naturaleza, me decía alguien, pero en los árboles no crece el pudor ni el asco y en los niños sí. Un par de naranjas y un corazón de rosas artificiales; como en el bar de putas siempre está la puta deprimida, más joven, que no baila como las otras, y está siempre el esperanzado en convertirla y siempre acaba así: la puta deprimida le saca al esperanzado algunos billetes, incluso antes de desnudarse, y huele a pis en el cuarto, y al lado del espejo de dimensiones mínimas, un poco más arriba, está el corazón con rosas.

–¿Son artificiales?

Artificiales, sí. Como estar vivo. Una depresión profunda, huele a pis en toda la casa.

LOS OBJETOS DEL RÍO

Mi responsabilidad no son los acentos agudos o graves, pero evito incendios en la casa donde guardo mis libros, y trabajo en las horas malas para hacer hijos en las horas buenas y dudar entre el termómetro para la fiebre del bebé indefenso y la lectura de B.:

«Los libros y las prostitutas pueden llevarse a la cama».

Y el arte de perderse en la ciudad, claro.

Miré para todos los lados y nadie era de mi raza y nadie tenía tanto dinero como yo: tuve miedo, aceleré el paso; ¿dónde estoy?

Lisboa es una ciudad donde el corazón se vende al lado de los periódicos del día, y los dos productos son caros porque todo es efímero y tengo prisa.

Me preguntan: ¿estás loco? ¿Qué haces escribiendo de pie, en medio de la acera, interrumpiendo piernas y chaquetas con negocios?

Miré el río inmundo; el viejo le decía a la criatura con un aspecto igual al del viejo:

–Nunca se ven peces en este río, pero he visto una mujer muerta, con las manos y los pies atados, allí mismo –el viejo señalaba el lugar–, fue allí mismo.

Los dos se callaron: el viejo y la criatura.

Voy a explicarte, entonces, yo que soy especialista en aguas: algunas se beben, y los enamorados, a veces, en los primeros meses, fornican cerca de la bañera, con agua a 18º, y les gusta.

El pensamiento evita el dolor en un órgano determinado porque lanza la cabeza hacia lo lejos, como si fuera una piedra y no algo que te pertenece. La mano te pertenece como centenas de otras cosas, pero miles de cosas no te pertenecen. Es así.

Si te derriban, combate de rodillas, decían los antiguos. Si aún te derriban más, digo, si te derriban por completo, si te tiran al suelo, hazte puta.

El viejo era tranquilo y no inventaba. Si él decía: «nunca he visto peces en este río, pero he visto una mujer muerta flotando», es porque sí, él la había visto. Era tranquilo y no decía lo que había visto con prisa. No mentía.

¿Pero nunca vio peces?, esto es un río: hay objetos y animales que pertenecen al agua, así como hay gestos y pensamientos que pertenecen al amor.

El viejo revolvía el cabello de la niña, era una niña, revolvía su cabello, sin parar, como si con la mano tocara algo que no le importara.

La niña tenía el cabello duro, y no era bonita. Era incluso fea, pero tenía sólo seis años (tal vez), y a esta edad todavía no se sufren las consecuencias: no se puede llamar fea a una niña de seis años.

Ella va a sufrir. No será feliz. No la seguirán. No la mirarán. Sentirá asco de sí misma. Querrá vengarse. Se mirará en el espejo y preguntará por qué no nació bonita, por qué es tan difícil para ella y tan fácil para otras. Ella solo quiere un hombre que a veces la mire; y dinero para proteger a los hijos. Y que los hijos nazcan bellos, porque es más fácil, y aun así no siempre es fácil.

Pero ella solo tiene seis años, y la vida todavía no es asunto para ella.

¡Nunca he visto peces, pero he visto una mujer flotando!

El viejo no para de acariciar su cabello, y el cabello es duro y aun siendo abuelo la sensación que tiene en los dedos no es buena. Pero él no se detiene. Porque él es el abuelo de aquella niña fea de seis años.

EL DEDO

No tengo alma, tengo suficiente medicina como los sanos, tengo tiempo.

Todo el mundo llora, claro.

Cargamos rey y herida y uno y otra soy yo. Unos días uno, el rey; por la noche, a veces, la otra.

El bebé llora en el cuarto y yo no tengo nada para darle.

«Un día uno llega y al otro día se va».

Hacía frío y lo vi: le faltaba un dedo, era de la aldea, tenía vergüenza, compraba guantes, le faltaba un dedo.

La vendedora intentaba venderle los más caros, pero cuando se dio cuenta de que le faltaba un dedo se calló por unos segundos y después dijo (yo lo oí):

–Estos tal vez no sean buenos para usted.

Y fue a buscar unos guantes más baratos.

Qué vida, querido, al otro lado nada para impresionar a las moscas cuando el enfermo ya está tan débil que no se defiende.

–No llores, perjudica a la música.

Había música en el entierro –¿cómo se llamaba él?– y los vagabundos tienen más decoro con la música que con la polla. En el baño comparan los tamaños, mean, uno encima del otro, se ríen vulgarmente. Con los pantalones meados, doblados de tanto reír, como chimpancés mezquinos y vivos. Pero con la música no.

El chimpancé meado tiene cara seria, ahora, porque es un entierro y su traje es negro, pero demasiado corto.

Bonita música, le dice al otro que también tiene la cara seria, pero es chimpancé y no se meó en los pantalones ni se rió groseramente porque no estaba allí, en aquel instante, si no habría hecho todo igual.

Desde aquí fuera se oían las risas.

Al salir vi a aquel viejo –que le faltaba un dedo– con unos guantes de color amarillo, horribles.

Le falta un dedo –pensé (qué frío que hace, las manos me tiemblan).

Un color amarillo, es invierno, hace un frío terrible, murió alguien, suena música en la iglesia, los hombres vestidos con traje negro, una talla menos o más –qué deprimente es la ropa equivocada, la falta de dinero– y aquel viejo también de traje negro, cortito, las mangas no llegan a las muñecas y los guantes amarillos, amarillos, querido, un dedo menos, guantes amarillos.

Pero por lo menos no tenía los pantalones meados. Y la mano izquierda completa, la vieja se enorgullecía de ella, sin decir nada, con los ojos; la mano izquierda con los cinco dedos, completa. Como en un rompecabezas, y allí estaban todos. ¡Podemos jugar, el juego está completo!

Es invierno, salgo de la iglesia, no he sido invitado, no conozco a nadie. Hasta para quien tiene los dedos completos y enteros en las dos manos hace un frío insoportable, febril. Apetece tirar la piel hacia unos días más adelante y recogerla allí. Qué invierno insoportable, y qué frío. Y no tengo guantes amarillos. Y tengo dinero. Y no me río a carcajadas cuando me meo en los pantalones como hacen ellos.

LA HIGIENE PERSONAL

Las enfermedades mentales son clasificadas de la siguiente forma –y paso a transcribir:

«1.º El llamado nivel mental límite [...] en el que es posible una reeducación que lleva a la adaptación a una vida social normal, aunque de nivel bajo, es decir, sin grandes aspiraciones intelectuales.

2.º Los débiles mentales propiamente dichos, de grado medio, capaces, gracias a la acción educativa, de aprender a leer y a escribir, con mayor o menor dificultad, y a ejecutar trabajos simples, pudiendo adaptarse a una existencia útil en un medio social tolerante.

3.º Los niveles más bajos de imbecilidad e idiotez en que los individuos son, en el primer caso, susceptibles de satisfacer sus necesidades elementales y hasta incluso de adaptarse a un trabajo muy simple y rutinario, necesitando, en este último caso, que los cuiden totalmente, incluso en lo que se refiere a su higiene personal».

En este último caso se añade:

«Existe actualmente la tendencia a llamar a estos niveles más inferiores *debilidad mental profunda*, evitando así los términos de *imbecilidad* e *idiotez*».

Juana era madre de una niña. Tenía ahora veintinueve años, la niña catorce. La madre se encargaba de la higiene personal de la hija porque esta no lograba encargarse de su higiene personal. La madre no sabía qué era una debilidad mental profunda pero la médica lo sabía y se lo dijo, cuidadosamente, la primera vez:

–Es una *debilidad mental profunda*.

La madre, cuando llegó a su casa, si hubiera tenido marido le habría dicho: es una *debilidad mental profunda.* Y si ella, la madre, tuviera a su vez otra madre que la acompañara, le habría dicho: *es una debilidad mental profunda;* pero tampoco tenía madre.

Juana se encargaba de su hija, en este momento la había cogido –a la nena– y la había llevado al baño, a la fuerza.

A la nena no le gustaba el baño. O le habían contado o ella había soñado que en el río nunca se veían peces, pero un día había aparecido una mujer flotando, muerta.

La madre casi peleaba con ella para llevarla al baño. Y la hija tenía catorce años. Con catorce años ya se sabe pelear, pero la hija no peleaba como si ya supiera pelear; peleaba menos.

La madre no pensaba así, y no hablaba así, pero si pensara así y si tuviera alguien a quien decírselo, le diría: «Ella está adaptada a una existencia útil en un medio social tolerante». Pero la madre no hablaba así.

¿Qué? En la calle no se reían de ella, de la niña; bajaban los ojos y le ofrecían naranjas que ella metía en sus bolsillos, y también otras cosas inútiles porque pensaban de esta manera: seguro que ella encuentra una utilidad a esto.

Pero si fuera otra niña de catorce años ellos no pensarían: seguro que ella encuentra alguna utilidad para esto. Pensarían: esto es inútil.

La madre pasó los dedos con cuidado por la vagina, después por las nalgas, por el agujerito del culo. El jabón, color naranja. Le limpia detrás de las orejas –a sí misma nunca se limpió detrás de las orejas–, la nuca, las axilas.

–Esto no te hace mal –repite la madre–. No tengas miedo.

Pero la niña grita igual porque no le gusta el baño, le tiene miedo.

–No va a aparecer ninguna niña muerta en el agua –le dice a veces la madre para calmarla, pero luego se arrepiente.

(Es evidente que la niña «no puede tener grandes aspiraciones intelectuales»).

–Tenemos que limpiar tu cosa –repite la madre (la bañaba todos los días, a la misma hora, seis y media de la tarde)–, puedes coger alguna infección.

La «cosita» de ella era una preocupación.

Una vez un chico de siete años llamó a la niña *anormal* y *deficiente mental,* pero la mayor parte de los chicos y chicas de la calle nunca haría algo semejante. El chico que la insultó recibió una bofetada de sus propios padres cuando lo supieron:

–Eso no se hace, le dijeron.

Sí, eso no se hace, eso es maldad. Eso nunca debería hacerse.

EL 4.º REINO

Una bala entra en la piedra. Hace un agujero. Animal impaciente y rápido (la bala). En los ladrillos de piedra contamos una, dos, tres, cuatro, cinco, seis, siete. Siete balas. Unas encima de las otras. Y hay por lo menos una más que le acertó al chico. Y la otra le acertó al padre.

El padre intentaba protegerlo de los tiros, pero no protegió completamente a su hijo. No le tapó por completo el cuerpo con su cuerpo. También se encogía, él mismo, el padre. Porque el padre no es la madre. En total, por lo menos, nueve balas. Dos que mataron a dos seres vivos, y siete balas en la piedra.

¿Qué es la escala de Richter?

«Introducida en 1935 por el físico norteamericano Charles F. Richter, la escala de Richter mide la fuerza de un seísmo en términos de la energía que libera. La escala comienza en 1 y no tiene límite máximo».

Claro que el terremoto no se detuvo en la frontera como hacen los bien educados. La naturaleza no tiene mapas, ni colores como los mapas: azul para el agua, rojo para el monte.

Es una araña, pero acostumbra a decirse: es un bicho. Para mostrar que es más difuso, con fronteras menos claras, como las que tiene la naturaleza. Es un bicho: es más confuso que una araña. En mi bañera, galopando como hacen los bichos, hacia delante y hacia un lado al mismo tiempo. Podría matarla con una bala, como se hace a veces en la televisión al padre que quiere proteger al hijo, y al hijo.

Los bichos, ya se sabe, son como los padres que protegen al hijo y el hijo que se protege a sí mismo, y también como todos los seres con sangre e incluso las plantas: es necesario sobrevivir, así es el universo.

Abrí el agua de la ducha, pero tenía poca presión. Eran apenas las ocho de la mañana, quería darme un baño, la mujer durmiendo, los chicos durmiendo, todo durmiendo excepto el bicho.

Mientras tanto ahí fuera llueve y es el diluvio que merecemos. Nadie podría hacer de Noé, nadie es grande en estos tiempos, ¿cómo podrían caer diluvios? Llueve mucho, pero dentro de casa todavía podemos burlarnos de la naturaleza.

El problema era este: había abierto el agua caliente porque mi objetivo era un baño simple, caliente, pero ahora estaba el bicho. Pensé: si la presión del agua caliente es poco fuerte, abro el agua fría y gano fuerza. Y así fue.

Como mero ejemplo sobre el terremoto: cuatrocientos niños quedaron bajo los restos de lo que antes era una escuela. La calle enfrente de una escuela, los restos de una canción (parece que los niños cantaban en el momento en que la tierra cayó sobre ellos, por lo tanto había restos de la canción por encima de la tierra que se encontraba ahora encima de los niños).

Más tarde, los padres gritaban alto el nombre de sus hijos y había algunas respuestas allá abajo, y nadie lo pudo evitar: cada padre sentía rabia cuando la voz que oía no era la de su hijo.

–No es tu hijo.

(Es tu hijo, maldito, no es mi hijo).

Los profesores de esa escuela también habían quedado debajo de los destrozos de la calle y de los edificios (imposible distinguir la calle plana de los edificios verticales). (¿Qué tienen ellos para enseñar si también quedan debajo de la tierra?). Después del terremoto los únicos elementos verticales son los gritos (considerémoslos así). Porque hasta los padres estaban arrodillados. Rezando o apartando tierra con las manos; buscando y rezando, dos gestos. (¿Qué hace él: reza o busca?).

No odio a las arañas, es imposible odiarlas, y no son mis enemigos, sería ridículo, pero me enojan.

No se mata a un hombre así, apoyado en un muro, y los niños son casi bellos. Y cuando son cuatrocientos y cantan canciones. Y dan saltos como el bicho. Este no se asustó, fue lanzado ligeramente al aire, como nos hacen saltar las granadas, el peso se ausenta por un segundo y después vuelve y estamos muertos.

El ingeniero dijo: los materiales no resistieron. Estos edificios antiguos son de harina, dijo.

También el médico frente al cadáver del niño podría haber dicho: los materiales no resistieron. Pero no lo dijo. Y tampoco dijo: es material débil, su padre no querría oírlo. El médico dijo solo: No sé qué podría decirle.

Mantuve la mano en el mango de la ducha y fui siguiendo su trayectoria hasta el desagüe de la bañera, y él, en determinado momento, ya no movía las patas como hacía antes. A partir de ahí fue apenas conducirlo hasta su lugar, como el camarero: Esta es su mesa, siéntese, por favor.

Y el bicho se dejó ir, no se defendió; ya no era un animal.

Como los cuatrocientos niños. Existe el reino vegetal, el reino mineral y el reino animal. Pero después hay otro, después hay otro.

UN SOBRE INDIVIDUAL

El examen electroencefalográfico tiene doce registros que pueden ser mono o bipolares. Los exámenes captan los estímulos eléctricos de cada una de las áreas del cerebro; después se sacan conclusiones.

En reposo, el ritmo eléctrico del cerebro es diferente.

Es necesario creer en la verdad y no creer en la mentira.

Una escritora utiliza esta expresión: permanecer individual. Una persona que en una conversación, de repente, permanece individual, es alguien que entra en sí mismo, como si cada uno fuese dos y pudiera ser su 2.º, sumergirse en el primero, y encerrarse.

Existen momentos en los que somos sociales, disponibles; y existen momentos en los que somos individuales.

En el café detestan que lleve libros y los lea, y que escriba. Aceptan y les gusta la gente que lleva un periódico y lo lee durante horas, sentado. Es una cuestión de no sentirse estúpidos, pero son estúpidos.

En el fondo era solo para contar la historia de alguien que tenía que retirar un electroencefalograma de un laboratorio, pero murió a las dos de la tarde, y el examen solo estaba listo a las tres. Murió de un ataque que viene de dentro de la cabeza, pero los médicos tienen otros términos. Y el resultado del examen quedó años en el laboratorio porque no fue retirado y en el laboratorio no están obligados a distinguir quien muere de quien se atrasa o se olvida.

Años después, en una reorganización del centro, alguien rompió y tiró a la basura el examen, sin haber sido abierto siquiera.

El examen electroencefalográfico, ya lo dije al comienzo, tiene doce registros, registros que pueden ser mono o bipolares. Los exámenes captan los estímulos eléctricos de cada una de las áreas del cerebro y después se sacan conclusiones.

En aquel caso la conclusión era que el cerebro estaba bien. Tanto en activo como en reposo. Y doce registros son siempre doce registros, no es uno solo.

OTRO ACCIDENTE

Una vez sentí algo semejante. Tenía que pagarle a un oculista. Llevaba el cheque ya escrito. Llegué al lugar y me dijeron: Murió ayer, en un accidente de coche. Tenía el cheque a su nombre, y ahora estaba muerto. Mi primer pensamiento fue: si tengo un cheque para pagarle, no puede estar muerto. El segundo pensamiento, pasado algunos segundos, fue: voy a quedarme con el dinero. El tercer pensamiento fue: ¿cómo es que tu cabeza fue capaz de tener aquel 2° pensamiento? El cuarto fue: todo el mundo piensa todas las hipótesis en una situación, incluso las hipótesis repugnantes.

Pero el señor tenía un padre todavía vivo, y yo rompí el cheque anterior y escribí el nombre del padre en el cheque –era casi el mismo, solo cambiaba la primera palabra. Estábamos los dos en un restaurante de comida rápida, de pie. Y el padre de mi oculista, que había muerto en un accidente de automóvil dos días antes, estaba vestido de negro y estaba triste, hablaba poco, y tenía los ojos bajos. Pero recibió el cheque.

UNA MUJER GORDA Y LA PIERNA DE CRISTO

Ni los fragmentos de la muerte de los otros nos tocan.

Treinta y dos segundos al otro lado del mundo: la tierra se abrió y encerró allí dentro algunos hombres. Una mujer gorda que perdió sus senos, un brazo, ocho hombres de los bomberos acuestan lo que les queda del cuerpo en la camilla, pero la mujer muerta, deshecha, sin partes del cuerpo –¿y todavía se acuesta el cuerpo de una mujer gorda que perdió los pies, el brazo, los senos? ¿Qué hacer de los vivos? ¿Todavía será correcto utilizar el verbo acostarse? Quita, quita. En las masacres la sintaxis se transforma y la naturaleza tiene la guerra más rápida: treinta y dos segundos y la tierra tiene miedo y tiembla porque asusta y mata.

Llaman por teléfono y me cuentan otra historia: un hombre viejo que va a tener un bebé, pero repite ante su mujer que lo que quería era ser cura. Y tiene la cruz de Cristo desparramada por la casa, en todos los rincones. En el escritorio del consultorio tiene catorce crucifijos, 14.

–¡Exageras!

Al otro lado me garantizan que es verdad: catorce crucifijos.

El viejo parece un enfermo mental, me dicen, es repulsivo y tiene catorce crucifijos en el escritorio.

Cuando habla, babea, tiene un bastón cuya empuñadura es la cabeza de un negro calvo y repite muchas veces:

–Es mi negro.

–¿14 crucifijos? No puede ser.

–Son 14. Los conté.

La felicidad es un acontecimiento. Me dicen que no la debo buscar pero sí esperarla. Sin embargo, me canso.

Catorce crucifijos, y algunos, hasta resulta difícil decirlo, tienen una pierna astillada con un cortaplumas. Cristo tiene algunos golpes, en todos los crucifijos, no sólo en algunos, en todos: en la pierna derecha. Es repulsivo.

–No veo la repugnancia.

Es difícil de explicar, parece enfermizo, no puedo decir nada objetivamente, no sé, no conozco al hombre; lo conocí ayer, tiene a su mujer embarazada, veinte años menos que él, y dice que quería ser cura, es lo que sé de él. Y tiene Cristos por todas partes, y raspa la pierna derecha, la de los Cristos. Y babea cuando habla. Es asqueroso.

En El Salvador un viejo se quedó sin el ojo derecho y le hicieron una fotografía con una venda blanca tapándole el ojo que perdió. Fue el terremoto.

–Dame números.

–259 muertos, 500 heridos y 1200 desaparecidos.

Alguien (¿dónde fue?) decía precisamente esto: cuando explota una bomba las personas antes de morir desaparecen.

No lo veo, ¿dónde está?

Mil doscientos desaparecidos.

–Él me agarró el pito, ¿crees que no quiere decir nada?

Mil doscientos desaparecidos.

–Quieres decir que solo te agarró la polla.

1200.

–¿Y eso no quiere decir nada?

Uno, dos, cero, cero. El número de desaparecidos.

Es «un desastre natural de grandes proporciones».

Parece un número de teléfono.

–Dame más detalles sobre ese hombre. ¿Cómo es físicamente? ¿Cómo habla?

–¿Qué quieres que te diga? Es repulsivo. Va a ser padre de aquí a cuatro meses y tiene 14 crucifijos con la pierna derecha tocada varias veces de más.

Cierro el periódico. ¿Qué día es hoy? 15 de enero. A veces, pensar en eso me calma: puede no ser hoy, pero también vas a morir.

LA MUJER

En el número 18 pasan cosas. Es un barrio pobre, y por eso prohibieron las canciones tristes, mira cómo saltan durante las fiestas.

–Mataron a un viejo de ochenta años.

Caminaba como los viejos: más pendiente del anterior paso que del siguiente.

Tengo fuerza porque no sé, no conozco.

Decorar un cuarto de niño no es lo mismo que escoger el tipo de ataúd para el viejo de ochenta años que fue golpeado hasta la muerte por dos jóvenes (dijeron ayer en las noticias).

Lo encontraron en la basura: si fuera una mujer o un chico, jóvenes, guapos, sería más fácil ver las diferencias del cuerpo en relación con el espacio: porque era verano y en el calor la piel, en lo que es joven, se exhibe.

Y hacía calor, pero seducción no. (Qué ridículas ciertas palabras en ciertos contextos). Le golpearon, al viejo, como se golpea a los viejos, con más fuerza, por su cobardía, la del viejo, que no es joven para defenderse.

Pero nadie vio piernas, ni hombros de color de cuerpo: todo era basura, de un color oscuro, igual, relacionados por lo feo, y en el medio el viejo de ochenta años: qué difícil encontrar a un viejo muerto en medio de la basura.

Parecía invierno, en aquella casa con el nº 18, deshabitada, con el suelo cubierto de basura: paraguas rotos, ropa rasgada, pedazos de objetos, una nevera tumbada sin puerta (ves lo que es aquello: dos brazos de viejo muerto), periódicos, muchos periódicos.

Lo sacaron de los brazos y el cuerpo estaba allí todo, debajo de la basura. El viejo de ochenta años.

–Si su hijo descubre quién hizo esto –dijo alguien.

«No busques en la hierba muda,
busca la hierba muda».

Un poeta nórdico –Bo Carpelan– escribió estos dos versos y los señalé con mi lápiz localizador de bellezas, los marqué allá en el año 2000, el 27 de noviembre de 2000. Con el lápiz los señalé, reemplazando el cartel que se suele poner en sitios públicos: ¡atención!, aquí hay algo para mirar dos veces (por lo menos).

La fisiología es neutra porque es posible que seis hombres busquen el cuerpo de un viejo de ochenta años que desapareció de casa, que lo busquen en medio de un basurero y que pasen justo al lado de una de sus manos de cadáver o de su pierna, y entre esa fisiología de pierna muerta y la fisiología de un metal viejo existen pocas diferencias.

La fisiología humana debería tener cierta luminosidad indiscutible, una señal divina. Pero para lo divino toda materia tiene la misma cualidad y eso es repugnante.

Y este verso, por ejemplo: «Tengo muertos enterrados en el aire».

Y aquel viejo de ochenta años era un muerto que estaba enterrado en la basura. Y no tenía ninguna luz visible que viniera del corazón o de los ojos. Tenía, por el contrario, una fisiología idéntica a la de la nevera oxidada, sin puerta. Y la nevera incluso era blanca: llamó enseguida la atención de quien buscaba al viejo de 80 años, era blanca y allí todo era gris. Si en la basura algo hubiera sido señalado habría sido aquella nevera. Tenía más luz, aquel objeto, que el viejo; más luz: y si la luz es divina, tenía más de lo divino. El viejo, ese, estaba apagado y oscuro.

Una mujer que vivía cerca de aquel nº 18 tenía hijos y tenía una carnicería.

(Señala la muerte en el cuerpo con una luz negra, como si el corazón, en el fracaso, saliera con fuerza por la espalda, descolocando huesos y piel).

En aquella calle no había muertos enterrados en el aire. En aquella calle había una mujer con nueve hijos, gorda, con caderas de mono blando, cruel, que robaba en el peso con una báscula falsa, tenía una carnicería, era una continuación de carne que vendía, ella. Se sentía la conexión clara entre la carne de animales enteros y la carne de aquella mujer cuando ella cogía el enorme cuchillo y cortaba:

–¿Es suficiente así?

Y ella trataba mal a los más débiles, y adulaba a los demás, era igual a muchos, pero era gorda y fea, tenía nueve hijos, y a veces los torturaba con pequeñas cosas, insignificancias.

Cuando encontraron al viejo en el basurero (después de buscarlo tanto) esa mujer pensó sin decirlo: ¡el viejo no compraba carne desde hacía años, no tenía dientes! Y este pensamiento le dio deseos de reírse a carcajadas, pero no lo hizo, porque en medio de la confusión del descubrimiento del cuerpo una persona lloraba (era el hijo del viejo) y ella entonces pensó: ¡Esto es algo serio! Y se quedó atenta, sin pensar en nada para no distraerse, observando todo, viendo la tristeza de los otros, a ver cómo era.

LOS MOVIMIENTOS DE FICCIÓN

La honestidad es pública; privada es la mano capaz de torturar, si es necesario. Nunca muestres lo privado, claro.

«Cabalgué sobre un caballo alto», es bonito.

Pensar si es posible concebir movimientos de ficción, gestos ficcionales, gestos no reales. ¿Puede el cuerpo hacer algo no real?

Si me dijeran: ahora haz un movimiento no real, ¿qué hago? Nada.

Y esta distinción es importante. Con las palabras puedes escribir palabras-ficción. En realidad también me resulta difícil concebir ideas no reales, ideas ficcionales.

«Las palabras no podían mover montañas,
las palabras no servían siquiera para abrir mi puerta».
Es bonito.

Vi una fotografía extraña. La tierra había caído sobre algunos hombres que trabajaban –la tierra no debería caer sobre los hombres, pero la tierra no sabe de cosas, y la mano de uno de los hombres del equipo de salvamento agarró cuatro manos –una después de otra– que estaban encima de la tierra (el resto del cuerpo enterrado). Las tres primeras manos estaban frías, pertenecían a cadáveres. Y solo la cuarta mano estaba con la temperatura de los vivos o de los que intentan sobrevivir (que son todos los vivos). Pero lo extraño es que las manos acostumbran a estar vivas de dos en dos, o muertas de dos en dos, y allí había una única mano con la temperatura de los que todavía no han muerto.

El número impar es insólito, casi repelente, es el número del diablo: una sola mano viva.

Hablar alto en lo oscuro es también una de las grandes violencias, es grave, es no respetar la naturaleza de las cosas. Por eso de los muertos no escuchamos nada porque morir es que la tierra cubra los cuerpos, y es denso, una oscuridad permanente, sólida, como una construcción negra, pero sin materia. No los oímos.

Mis dos bebés se despertaron cada media hora; lloraban, pedían cosas sin hablar porque no hablan, todavía no tienen palabras, son bebés. Y el cuerpo del padre y de la madre, en mitad de la noche, se sentían caer, de debilidad, sin conseguir dormir, con un cansancio tremendo, parecía que nuestras hijas nos torturaban. Pasa por la cabeza, es un momento mínimo, menos que un segundo, pero viene a veces un pensamiento de odio, y es esto el cansancio, es aquí donde puede llegar.

Es necesario tener miedo de los hombres y de las mujeres cansadas. Y la ciudad es demasiado rápida, nos empuja hacia nuestro peor cuerpo (de entre los varios posibles).

«Cabalgué sobre un caballo alto» es bonito, pero yo nunca cabalgué sobre un caballo alto.

LA MONEDA

No hay legislación para la música, así como no hay legislación para la enfermedad. La naturaleza es ilegal y bruta y nosotros no somos naturaleza mientras estamos vivos y somos ricos, con el cuerpo olvidado. Pero cuando somos viejos somos naturaleza y cuando estamos enfermos somos naturaleza, y cuando morimos todavía somos naturaleza.

Y no tener dinero es eso: es ser más naturaleza, ser más dependiente de la falta de legislación que hay en la música y en los animales: las cosas oscuras amedrentan, te vuelven cobarde, escondes a tus hijos detrás de tu cuerpo, pero sabes que la bala vendrá por detrás.

Dicen que Lucifer cayó durante nueve días, pero tal viaje no amedrenta a nadie. No fue una caída, fue un paseo. Porque nueve días son nueve días, por eso el diablo cayó tan bien, con la ropa en su sitio, encorbatado, sin ningún dolorcito. Recorre las calles y a los otros les parece el cuerpo de quien subió hasta aquí, y no de quien bajó tanto: nueve días, dicen, fueron los días que tardó Lucifer en caer.

La maldad no se distingue; como las niñas gemelas que van al colegio cogidas de la mano, con el uniforme azul, igual. La maldad no tiene una marca en la frente como las vacas que están enfermas y fueron marcadas en la frente por su dueño.

–Ésta es para matarla, no para vender.

La enfermedad tiene marcas, la pobreza tiene marcas, pero la maldad no tiene marcas. Los feos tienen marcas.

Un vagabundo pedía limosna en un semáforo. Pasó de un coche a otro, después a otro. Uno de ellos bajó la ventanilla de su puerta sólo unos centímetros y dejó caer una moneda valiosa al suelo, después arrancó porque el semáforo estaba verde. El mendigo se agachó para coger la moneda y vino un coche que sólo vio el semáforo verde y lo atropelló. Le dio de lleno, le partió los huesos de la cadera.

Ya en una camilla, sobre la acera, el dedo estirado del vagabundo no era comprendido por nadie porque él no podía hablar.

–¿Alguien conoce a este hombre? ¿Saben si ya no hablaba antes?

Él apuntaba hacia la moneda en medio de la calle, pero nadie se daba cuenta. Y se lo llevaron.

(La química no estudia aquello que cambia en la materia cuando la materia es nuestro cuerpo y alguien lo abraza en el momento exacto).

Tres meses después, cuando salió del hospital, cojeaba y no hablaba. Nadie sabe si fue por el accidente o si antes ya era mudo y tenía ojos de loco, porque nadie lo conocía. (Nadie podía confirmar si ya estaba loco antes. Pero ahora estaba loco). Ese mismo día fue al sitio del accidente y en medio de la calle peligrosa todavía estaba la moneda. La metió en su bolsillo. Un coche se acercó y él corrió hacia la acera. Se puso a seguro y acarició la moneda con los dedos.

Desde el coche, que nuevamente casi lo había atropellado, una mujer lo llamó loco. Pero él, el loco, estaba contento.

CORAZÓN RÁPIDO

Tres perchas: una para colgar la chaqueta, otra para colgar una cuerda con el nudo de ahorcado. Otra percha más: el sombrero.

No puedes tener conocimiento integral de las cosas.

Fumé un cigarrillo, camiseta blanca, la barba sin afeitar. Atravesé la calle ya arreglado. Frío brutal. Personas de un lado a otro haciendo compras y en medio de la acera un joven con el tronco desnudo, en medio de este frío brutal, de rodillas, con el tronco estirado y la cabeza baja y la mano igual a una percha, dirigida hacia delante y hacia arriba, abierta, pidiendo.

Me retraso un poco. Observo. Detrás de él tiene el resto de la ropa. Se desnuda porque quiere. Para pedir. Sin embargo con este frío no tiene sentido.

Me dirijo a él. Le hablo, le pregunto. Él no me responde, no se mueve.

Es enorme, altísimo. De rodillas, con la cabeza curvada, es de la altura de algunas señoras viejas que pasan cerca.

Una de las conclusiones estúpidas: de rodillas, los que sufren tienen la altura de los alegres (o por lo menos de los que resisten).

Parece una flor, así, con la mano estirada hacia delante, los capullos de rosa, los pétalos. Una flor que huele mal.

–Está loco –dice una vieja.

Los más jóvenes, ni insultan ni aceleran el paso.

Por lo menos podían acelerar el paso, pienso. Violencia ejercida sobre el hombre alto que pide: no cambiar el paso, no mirar. El corazón obstruido por la polla de un burro, una vez oí esta expresión ruda, o no la oí, la inventé. Están enfermos estos chicos jóvenes, solo quieren dinero –dice alguien.

Señoras pequeñitas y niños pequeñitos de diez años. No venden nada. Con apariencia saludable; incluso guapos, ríen a carcajadas. No ríen como algunas personas: algunas personas ríen como puercos.

La mujer entró en la casa. De las tres perchas una estaba vacía y era la percha que antes tenía la cuerda de ahorcado. Se asustó, subió las escaleras corriendo, con el corazón por delante, más rápido. Por primera vez con el corazón desobstruido, límpido: un corazón rápido, finalmente.

EL GATO

Entro en la cocina. Una fiesta animada, organizada por un amigo.

Huele bien.

Levanto la tapa de una de las cacerolas y veo la cabeza de un gato negro. Me asusto. Cierro la tapa. Estos tipos están locos. No he gritado y no he hecho ruido. Estoy solo en la cocina.

Aquella cacerola es la única que no está en el fuego, era la cabeza de un gato negro, yo lo he visto, ¿cómo es posible? Me siento en una silla de la cocina. No sé qué hacer.

Pienso: si esta cacerola tiene esto, ¿qué tendrán las otras? Y casi esbozo una sonrisa pensando en lo absurdo: cada cacerola con la cabeza de un animal.

¡No puede ser!

Y después pienso: solo aquella cacerola tiene una cabeza de gato, el resto son comidas normales, me han invitado a una fiesta.

He pensado después en arroz, en pasta, en carne de vaca, me ha dado asco.

Es la cabeza de un gato negro. La cabeza de un gato negro. Los ojos parecían en el mismo lugar, están en el mismo lugar, pero muertos, una cabeza de gato negro, están locos.

Permanezco sentado. No me he acercado más a la cocina. No sé qué hacer.

En el salón van a comenzar las lecturas de poesía. Lecturas de poesía. Están locos.

Desde allá dentro me llaman:

–¡Vamos a empezar!

Es el dueño de la casa quien me grita.

–Quiero oírte –dice.

Su mujer lleva una falda corta y se le ven las rodillas, y cuando entro en la sala ella sonríe. Conozco a los dos hombres de esta sala con los que ella ha fornicado. Y mi amigo no lo sabe.

Alguien que no conozco ha comenzado a leer un poema.

Después otro y después me toca a mí.

–Ahora te toca a ti.

El dueño de casa me agarra del codo, me obliga a levantarme. Su mujer aplaude. Lleva una falda corta, le veo las rodillas, el muslo derecho casi hasta las caderas, tiene una raja en la falda.

Un día vine a visitar a mi amigo y nadie me atendió y subí. La puerta del edificio estaba abierta y había unos ruidos tremendos: fornicación. Esperé en el piso de arriba, como un crío, y espié para ver quién salía y los vi a los dos y supe quién era él. No era mi amigo.

Estaba excitado y con deseo de tocar el timbre de nuevo. ¡Ahora yo!, pensaba. Pero huí del edificio después de esperar cinco minutos en el piso de arriba. Tenía treinta años, estaba entusiasmado y asustado.

Y sé también de otro que fornicó con ella.
He empezado, entonces, a leer.

Huyes sangrando, el corazón es disputado,
los pantalones son atacados por los perros.
Adormeces, despiertas sudando,
una mujer se desnuda, se inclina sobre tu cama,
acerca un puñal a tu ojo derecho.
Estabas soñando, dice.

Termino de leer. La mujer de mi amigo se levanta, no se ha estirado la falda, me da un beso en la frente.

–Te adoro.

El dueño de la casa –mi amigo– ha gritado, entonces, al mismo tiempo que nos empujaba:

–¡Todos a la cocina! Tengo una sorpresa.

Y todos lo han seguido, alegres, conversando y bebiendo. Pero mi amigo (yo lo he visto) no estaba alegre.

DIBUJO

Me pasa de todo y cada acontecimiento es individual y privado, nadie lo ha visto, nadie me ve.

¿Cuántas veces lloras oyendo música y cuántas leyendo un libro? La literatura no es eficaz en eso: si es para sufrir la literatura es inútil. La música es rápida como el golpe fuerte es rápido en el dolor de los dedos.

Voy a explicarte casi todo: los cuchillos de cocina utilizados por la madre de la casa tienen el nombre de los muertos de la familia escritos en el mango, pero los nombres y sus respectivas letras no se ven, son como los muertos de familia: se sienten. Es en el mango del cuchillo de cocina –que ahora se encuentra envuelto en la actividad común, casi mezquina, de cortar un fruto por la mitad–, es en el mango de ese cuchillo donde encuentra la memoria de la casa. Es un cofre, ese cuchillo, y si hay en él joyas, son visiones de aquello que ocurrió hace años: los muertos son, en la cabeza de los vivos, más felices de lo que realmente fueron. Porque nadie acierta. Se atraviesa la ciudad de noche, o la aldea, y hay luces en las casas y yo estoy fuera con frío, y veo las luces allí dentro, una cierta calma, pero a nadie feliz; un animal protegido no es feliz: se ha abrigado del frío y eso es todo.

No partas la hoja ni el mango: será el fin de la familia.

–Se burla de mí, el niño.

Es una vieja con la belleza de los locos: se divierte consigo misma y se asusta sola.

–El niño quiere asustarme.

Nadie es feliz, nadie acierta.

En un accidente de autobús murieron cuatro personas, al principio se pensaba que eran más, pero un hombre que se creía que había muerto no murió y una mujer que se creía que había muerto tampoco murió. Murieron cuatro personas, cuatro; llovía, el autobús se despistó, cinco de la mañana, despierten, por favor, hay un accidente, es hora de despertarse, tú que dormías, cinco de la mañana, oscuro y oscuro, y todavía el balanceo del autobús, estás en una cuna, querido, despierta, no debías haberte dormido, despierta: estás muerto. (No te duermas en el momento importante).

Pero no importa. Ya no somos griegos, los profetas se volvieron cantores románticos: los sueños no cuentan para el exterior, no contabilizan dinero, los bancos no los ven. ¿Quién?, preguntan; y la usura prosigue imperturbable como el gigantesco navío: ¡no avances, no avances!

Cojo el dedo de mi hija de año y medio y lo coloco sobre la cabeza del gato dibujado en el libro. Y le digo: cabeza del gato. Gato. Gato.

Ella dice: gatum.

Pero no hay gatos en esta casa, solo libros, y hace nueve días que no para de llover y por la mañana hemos salido al patio, hemos visto las gallinas del patio corriendo hacia nosotros pidiéndonos comida, temblando de frío.

–Tienen hambre y frío –le he explicado a mi hija de año y medio y después hemos regresado a casa, deprisa; ha vuelto a comenzar a llover.

–Ves –le digo señalando de nuevo hacia el gato ilustrado en el libro– ves, es la cabeza del gato, gatum.

LAS MUCHACHAS AMERICANAS

No pongas el corazón delante de los ojos porque así no ves las cosas.

El prisionero del brazo delgado, por ejemplo, un pedazo de madera, delgado, me rasparon aquí, aquí y aquí, alrededor de la piel, con puntitos. Me agujerearon la piel.

Los guardias son dos. Uno gordo, con aire de idiota, y otro menos gordo.

Un cubo en casa y por allí la basura y después cerrarlo y no oler nada.

Solo los vagabundos piensan en ponerse guantes para tocar a los niños, dice alguien.

Una ventana con el cristal roto. Es la ventana del cuarto. ¿Será posible no tener frío? Y encima pocas mantas en la cama. Es una cuestión mental, decía él, tienes que pensar en el calor, solo en el calor, en mujeres, y se rió, en las putas –dijo.

Pero hablemos de otra cosa: de aquel hombre. No tiene dientes, recita:

«Las muchachas americanas / llevaban niños y monedas en el vientre».

Era español, pero hablaba un portugués *perfecto*.

Sacó un mazo de cartas de la vieja chaqueta.

–Vamos a jugar.

Estamos los dos en una acera, no hay mesa, ¿dónde quiere jugar?

–Pon las manos así.

Me cogió las manos, las volvió hacia arriba, las juntó. –Esto es una mesa –dijo. Y empezó a barajar las cartas.

–Falta un cuatro de bastos y un seis de espadas –dijo también.

Él había pintado las dos cartas en dos cartones. Me quedé con el cuatro de bastos dibujado en un cartón rectangular.

–Si juego contigo nos quedamos sin mesa porque tengo que coger las cartas con las manos y mis manos son la mesa –le dije.

Pasa un camión por la calle y el conductor nos insulta. Nos llama locos.

–Los dos hacemos de mesa, una vez uno, después el otro.

Yo ponía las manos juntas, vueltas hacia arriba, y recibía la carta de él en las manos. Él ponía sus cartas en el bolsillo, cogía la carta que había tirado, y ponía las manos juntas hacia arriba, haciendo de mesa, mientras yo iba al bolsillo del pantalón: sacaba las cartas, pensaba un poco, y jugaba. Después era yo quien ponía mis cartas en el bolsillo de atrás de los pantalones y ponía las manos haciendo de mesa. Fatigoso.

Las cartas ya jugadas iban a otro bolsillo suyo; todo organizado.

Jugamos una partida. Al final le dije:

–Tengo que ir a buscar a mi hija. Tengo una hija de año y medio.

–Manda a tu hija al carajo. Juega otra partida.

–No puedo –dije–. La escuela cierra a las siete. Tengo que ir.

–Manda a tu hija al carajo. Juega.

Empezó a barajar las cartas. Me preparé para comenzar a caminar. Sacó un cuchillo, me apuntó a un ojo. Me detuve.

Acabó de barajar las cartas. Repartió las cartas entre él y yo. Repitió.

–Manda a tu hija al carajo.

Jugamos. Yo, después él. Exactamente de la misma manera. Ganó él. Guardó las cartas en su bolsillo. Me agarró con fuerza y me dio un beso en la cara. Se fue.

Mi hija tiene un año y medio, tiene cabellos rubios.

Llegué a tiempo. Ella corrió hacia mí, me abrazó. La cogí en brazos. Jugó con mi cabello y después con mis bolsillos. Sacó un cartón. Era el cuatro de bastos dibujado. Le gustó la carta artificial, durante la noche jugó con ella.

Por la mañana, en el cuarto de estar, la carta de cartón destrozada, abandonada en el cuarto de estar. Me la he metido en el bolsillo. He salido de casa. Un perro vagabundo, le tiro el cuatro de bastos de cartón, avanzo, llego quince minutos pronto al trabajo.

LOS PROYECTILES PESADOS

Las únicas ilusiones son sobre los muertos. Consideras que ellos son mejores de lo que realmente son.

La vida es una sola –obtener dinero o reputación e hijos para justificar ante los otros el hecho de no tirarte desde un edificio– y la muerte forma parte de los vivos, es la segunda parte como en las películas. No pienses que los muertos son ángeles.

Ni los niños lo son. ¿Y por qué hacen estas cosas? Encerró a dos niños en una casa y durante tres semanas solo les dio agua. Vimos las imágenes. Los niños casi no tenían nalgas. ¿Viste niños así?

Mi mujer repetía: ¿Por qué hacen esto?

Yo leía un libro y no quería ver, cambié de canal.

Leo: «Alrededor del 500 a C. los griegos y los cartagineses utilizaban máquinas para el lanzamiento de proyectiles pesados».

En realidad, utilizar máquinas para el lanzamiento de proyectiles pesados es bueno, como el corazón, que es pesado, demasiado pesado, y, en algunos momentos, qué bueno sería tirarlo lejos. Bien satisfechos estaríamos, sin corazón, con un agujero en el lugar del peso, como en algunas esculturas de santos y de Cristo, con un cajón en el lugar del corazón. Cajón en el cual los viejos guardan joyas de familia. Usura y caridad en el mismo espacio para ahorrar algún metro cuadrado, así es.

La catapulta tiene un brazo de lanzamiento que termina en una concha exactamente como una cuchara. Y es en la cuchara donde pongo el corazón. Como dice el libro:

«La fuerza propulsora de la catapulta resultaba de la elasticidad de las cuerdas torcidas alrededor del extremo del brazo de lanzamiento».

El proyectil es mandado lejos, como se pretende, cuando el brazo de lanzamiento embate en una traba que lo para, obligándolo, así, a expulsar lo que antes sostenía. Si no existe algo que trabe el brazo, el brazo dará vueltas, en círculos y círculos, y todo se repite, y nada se expulsa.

Para lanzar a lo lejos algo es necesario primero cogerlo con fuerza, después efectuar un movimiento rápido con el brazo, y por último trabar súbitamente y proyectar la muñeca hacia delante. Es así como las prostitutas expulsan el corazón cuando con la boca pintada con pintalabios chupan el pene del viejo al que no conocen, y la cama tiene muelles que hacen ruido (gemidos) al mismo tiempo que la prostituta chupa el pene del viejo que está sentado y espera, y es así como la catapulta funciona.

Entre los jóvenes y jovencitas con disgustos amorosos y que se saludan en la calle también se usa la misma técnica, ya conocida por los antiguos: una máquina de guerra. Arrojar el corazón lejos. La catapulta.

Y entre los que sobreviven al adulterio también.

PERRO DEFECANDO EN LA ACERA

El tiempo no tiene cortes, decía el personaje de un novelista. Las rayas que señalan ciertas fronteras en el reloj son artificiales.

Sin embargo, la carne tiene cortes, a diferencia del tiempo: la guillotina separa la cabeza del resto, la amputación de una pierna separa el resto del cuerpo de la pierna. Homogéneo en masa, volumen y movimiento es el tiempo; puedes cortar rebanadas: tu aniversario, los diez años de matrimonio; pero son tus rebanadas, es una ilusión.

¿No has visto un perro defecando en plena acera? Recula un poco las patas delanteras y avanza mucho las de atrás: se transforma por unos instantes en una bola sumisa, y después hace lo que no puede dejar de hacer. Parece de otra especie cuando corre detrás de una hembra o de un macho. Es otro animal.

La ventanilla del coche no cierra, la electricidad es un caballo bueno para galopar, malo cuando no funciona. Cubro con plástico la parte de la ventana que no ha quedado tapada por el cristal, pero llueve y quiero huir.

La cabeza es sitio para una fuga más rápida que las otras, puedo entrar en la rabia y volver, y un segundo después entrar en el tedio, y después volver.

Se viaja: el ocupante de la cabeza va aquí, después más adelante (deseo, asco, angustia) y regresa.

En el regreso estoy yo, estúpido, con una cinta adhesiva para curar la pequeña herida que el movimiento de la ventanilla del coche ha hecho al parar; podía haber sido peor.

–Cuando se desnudan, las personas están más lejos –dice alguien.

Hasta los miembros de tu familia, desnudos, parecerán otras personas, personas que no hablan tu lenguaje. La observación de la desnudez nos hace infelices.

Contaron la historia de un joven de dieciséis años que durante dos horas no consiguió dejar de mirar por un agujero por donde veía a su madre desnuda. Y él tenía ganas de dejar de ver a su madre desnuda –sus senos colgaban, la gordura, los labios pintados–, él quería dejar de mirar y no lo consiguió.

Y la madre despreocupada permaneció varias horas desnuda, con los labios pintados. Y él no consiguió dejar de mirar. Y cuando la madre se vistió y comenzó a moverse por el cuarto, ya pacífica, él salió de casa y corrió en dirección a la estación de trenes.

Después, un cuerpo que se tira contra la masa oscura que viene a gran velocidad es ya cuerpo interior completo, barro todo conectado hasta el cerebro y alguna cosa de Dios (o polvo).

EL PIE

El cuerpo muerto del marido es gestionado por las vísceras de la tierra como el dinero en el banco: lanzado hacia un lado y el otro, como inversión, solo que la tierra es más lenta.

Los cadáveres se entregan a los otros y a las cosas como los bebés recién nacidos. No es tanto la voluntad de dejarse ir, es la falta de fuerza para rechazar, es más esto, no soy ingenuo. Quien es fuerte se queda solo.

Y la hora en la que vas a morir ya está preparada. Los religiosos cantan en la calle y reparten pasteles, dicen que con los dulces y la voz llegan a Dios.

Entré al hospital.

(Nunca se muere en el lugar correcto; en el cuerpo correcto. Hay siempre algo que falta. Pero somos algo que se comporta bien como los enfermos terminales, sin fuerza, que aceptan todo. Vi a un niño sin cabello, tiene leucemia, dicen, y llora del ojo izquierdo pero del ojo derecho no. ¿Y quién ve esto?).

Las cosas son así. Cada sitio puede transformarse en un hospital. Cada día es una hipótesis para sobrevivir, pasar al otro lado, como una pared de material frágil, tan sutil que no la vemos, son eso los días, unidos por membranas, y lo importante es proseguir, traspasar la membrana, despertar al otro lado y fingir que lo hemos hecho sin esfuerzo. Despertarse es una victoria.

Solo hay sufrimiento cuando antes existieron planes. Déjate escurrir. En la caída es mejor ser como la piedra, después, en el suelo, corremos, huimos de lo que nos hace daño, corremos: volvemos a ser animales.

No viene un autobús, así como no viene la mujer que nos iba a salvar.

En el hospital cada uno fuerza la enfermedad para parecer más enfermo que el otro, y ser atendido primero. Se amontonan por los pasillos como las maletas de los viajeros, pero no pueden descansar, son enfermos, tienen ahora el trabajo de intentar ser atendidos. Es importante la cara de sufrimiento, la insistencia en la cabina de la enfermera.

Nadie aguanta los dolores, pero todos aguantan. Nadie muere allí. Queremos morir con testigos, y sobreviven.

Por lo menos hasta que llegue el médico.

Dos viejos en camilla, con oxígeno entrando por la nariz. Va hasta los pulmones y da la vuelta, pienso. ¿Y sale por dónde, el mundo?

Una mujer delgadísima: esqueleto y un sombrero negro –con ojos que asustan. La enfermera empuja la silla de ruedas hasta un rincón y le dice a la mujer delgadísima:

–¡Ahora te quedas aquí y te portas bien!

La mujer delgadísima consigue encogerse toda hacia el lado izquierdo de la silla de ruedas. Un sombrero negro, unos ojos de loca, no dice nada, se apoya en la silla, se encoge. Frente a la puerta desde donde llaman para las radiografías esperamos todos, hasta los viejos en camilla, excepto ella; está loca. No entiende lo que es esperar, entiende lo que es encogerse casi como una pelota, y volverse hacia adentro.

No hay rayos x para los locos, para los que ya despegaron. Aquellos dos viejos en camilla, de cabellos blancos, con oxígeno entrando por sus narices, para ellos todavía hay radiografías, para los locos no. La mujer es delgadísima y sacude rápidamente la cabeza y los hombres y las mujeres normales no lo consiguen. En los locos el cuerpo no es eficaz, menos todavía que en los enfermos y en los viejos.

Alguien llama la atención a una enfermera porque uno de los viejos en camilla está destapado, y la enfermera sonríe, se dirige a la camilla apoyada en una de las paredes del pasillo y pone la sábana en su sitio, y el viejo o duerme o finge, y no da las gracias. Agradecer remueve tanto por dentro como por fuera, y es un movimiento de más, es dejar estar.

Llaman a mi amigo, finalmente. La razón por la que me encuentro allí. Le ayudo a entrar en la sala de rayos x. Pasamos al lado de la mujer delgadísima que ya se ha apartado de nosotros, y del viejo con las sábanas exageradamente por encima del cuerpo –¿se ahogará?

Mi amigo se torció el pie izquierdo cuando cambiaba una de las bombillas del techo, y la escalera se rompió. Así son las cosas, de momento somos fuertes, pero podemos llegar a ser delgadísimos, con un sombrero negro, y locos. Y una enfermera vendrá a colocarnos la sábana bien por encima del cuerpo.

Pero mientas tanto somos fuertes. Es solo un pie torcido. Y tenemos veinte años.

MALAS HIERBAS

Una multitud de soldados alineados se transforma en mancha; una hierba negra con casco encima, una hierba con la cabeza dilatada, pero estúpida ¿cómo caíste en el error de querer defender lo abstracto?

Una prostituta se desnuda frente al soldado dejándose las medias negras.

–¿Tienes cáncer?

La prostituta se encuentra desnuda, desnuda frente a un soldado que todavía no ha desabrochado siquiera un botón, un soldado que tiene un arma y fuerza; y tiene además dinero y ella no, y tiene además el poder de permanecer vestido, de no parecer ridículo, porque la prostituta es ridícula, no es ni bonita ni fea, es ridícula, medias negras de seductora, caderas hacia fuera en plan seductor, pero es ridícula, gorda en lugares ridículos, posiciones exageradas.

Y ha sido ella la que ha preguntado:

–¿Tienes cáncer?

El soldado no tiene pelo, pero tiene un arma. Cuando se ha quitado el casco ha mostrado que no tenía pelo, y al retirar el arma del cinto ha mostrado que tenía arma.

–Pareces enfermo con esa calva.

Es lo que ha dicho la prostituta. Ella se mantiene en una pose agresiva, ella, la ridícula, las medias negras terminan en rollitos de carne que parecen trenzas de grasa, del color blanco de quien ha adelgazado y ha engordado muchas veces, y la piel es como el corazón: resiste algunos cambios pero no demasiados, hay un límite para todo.

–Pareces enfermo con esa calva.

Me contaron de un hospicio inhumano donde alimentan a los locos como se alimenta al ganado: comida en el suelo, una fiestecilla y dos palabritas: ¿estás mejor?

Pero nunca se espera la respuesta del loco, porque siempre es la misma, dice la enfermera, como si las nuestras –la del lúcido hombrecito y la de la lúcida enfermera–, como si las nuestras fueran brutalmente originales.

Me contaron del loco, internado hace treinta años, que todos los días sale del hospicio y se sitúa en la parada del autobús frente al edificio rosa de los locos, y ahí se queda a la espera de que llegue su madre en el autobús para buscarlo. Pero la madre no llega.

Llega el primer autobús del día y él ansioso; bajan algunas personas, suben otras, pero la madre no baja. Y en el segundo autobús lo mismo, y en el tercero y en el cuarto. Aquel loco se queda todo el día, en la parada, de puntillas cuando se acerca el ruido, para ver si su madre viene ahora a buscarlo. Ya conoce las horas de la comida y a esas horas cruza la calle y va al hospicio a comer. Le dan mucho arroz, algo de carne y a veces tres palabras: ¿cómo te sientes?, ¿te sientes bien? (6 palabras, signos de interrogación). Y él vuelve a la calle, cruza la avenida, se posa como un pájaro –es el pájaro de aquella parada–, se posa como un pájaro junto al poste que indica el número 46, el número del autobús; y espera, indiferente. Con la excepción de los momentos de llegada y partida del autobús 46: ahí la cara del pájaro da miedo, es esperanza incontrolada y angustia. No es indiferencia. ¿Has visto a un niño que se perdió de sus padres en un lugar que no conoce?

¿Por qué la prostituta le ha preguntado esto, así?:

–¿Tienes cáncer?

Él se preparaba para desvestirse. Tenía ya la mano derecha sosteniendo la camisa y la mano izquierda desabrochando el botón, pero se ha detenido:

–¿Tienes cáncer? No tienes pelo. Pareces enfermo.

Hace un segundo estaba excitado, el soldado. Su pene quería saltar de sus pantalones y él lo notaba y se sentía feliz por ser fuerte. Ella no era ni bonita ni bien hecha, y no era exactamente simpática. Acostumbraban a preguntarle su nombre pero ella no se lo preguntó. A él le gustaba decir su nombre, a pesar de que nunca decía el verdadero, inventaba, pero le gustaba el juego, fingía. Voy a inventar un personaje. Pero ella no le ha preguntado su nombre.

–Parece que tengas cáncer. No tienes pelo.

Sobre el loco se sabe esto: su madre lo dejó allí hace treinta años. Y la madre, entonces, le había dicho:

–Mañana vengo a buscarte.

Pero no fue.

NAPOLEÓN Y EL VIOLÍN

D'Olivet fue un loco con la obsesión de que era perseguido por Napoleón en persona, y nada es más mezquino que la modestia y nada más grandioso que la inmodestia. No mandaba a un criado o a un soldado, era él mismo: el emperador Napoleón, quien lo seguía a él, un simple hombre de negocios. Qué grandeza.

Salía de casa y sentía algo en la nuca, como si el sol le golpeara allí, de lleno: en la nuca. No era el sol ni ningún insecto, era tan leve, que solo podía ser Napoleón, el emperador, que lo perseguía. Pero él se daba la vuelta y no veía a nadie. Y no ver a nadie le daba más seguridad: ¡es él! Napoleón.

Entré en su casa. Había una pecera con los cristales sucios, degradada. Resistente, y mucho, era el pez: le faltaba una parte de la aleta de la cola, y era lento. Si fuera posible, parecería cojear en el agua, ¿es posible que un pez cojee en el agua? ¿Pero para qué ser rápido? Me recordó una máquina de monedas con muñecos de peluche visibles tras los cristales, masacre de búfalos domésticos y miniaturas, solo que no hay sangre, y los niños dan saltos de alegría justo enfrente del montón de carne de peluche.

¡Es una masacre, le digo a mi hija, no son juguetes!

Un hombre se dirige a mi hija, le acaricia en la cabeza y con los dedos junto a mis ojos repite la señal de la victoria. ¿Qué es lo que ha ganado? Está loco, el hombre.

Tiene una camisa verde, un pendiente en la oreja derecha.

La vida no es así, querido, es más difícil.

¿Napoleón no te persigue? ¿Dónde he dejado mis gafas?

No veo. Me roban las gafas y me quedo desorientado, decapitado, qué fácil es perder los pies.

Un baño público. ¡Asqueroso!, entro solo, mi hija me pidió.

–Pipí.

Ruidos extraños. En la pared exterior está escrito:

Soy mejor que todos

Más arriba:

Me follé a tu madre

Al lado.

Muerte a los negros

Me acuerdo de un árbol que tenía unas absurdas flores rojas porque a su alrededor había un color gris en todo; gris oscuro, como después de un incendio. Y aquellas flores rojas, allí, ¡qué absurdo!

O es absurdo lo bello o es absurdo lo feo.

No puedes explicar lo que te ocurre, actúas porque quieres entender, trabas la acción porque quieres entender, pero nunca entiendes.

Tu vida es inexplicable. En los actos no hay resto cero y ni los números son lo que pensamos. Solo la pasión es exacta.

El niño agarró al ratón blanco. El niño es rubio, tiene heridas en la cara y el ratón no. Sucio de aceite en la cara y el ratón no; tiene sangre en la cara, el niño, sangre en los labios, manchas negras en la cara, y el ratón no: es blanco. ¿Quién parece humano allí? Es el ratón, el ratón.

El niño de pantalones rojos, cortos, demasiado cortos, tiene diez años, el sexo apretado contra los pantalones, pide limosna, acaba de ser golpeado por alguien y un minuto después pide limosna. El ratón, el ratón.

Una muñeca para la niña, qué bonito. Un perro estúpido atacó a la muñeca, la mordió, el padre le dio una patada al perro, después otra, tres patadas, de lleno, en la cabeza, el perro retrocedió: ¡otra patada!

La hija, mientras tanto, agarró a la muñeca con toda la fuerza y le dijo estúpido al perro; el perro se llevó cuatro patadas del padre, y la muñeca parece estar bien: tiene cabellos rubios, cuando se le aprieta la barriga dice: mamá. Es bonita, de nariz respingona.

D'Olivet, aquel que se creía perseguido por Napoleón, nació en 1767. Yo nací en 1970. Nunca fui perseguido por Napoleón.

En la escuela primaria discutía con los demás, los obligaba a reconocer la superioridad física. Les pegaba hasta que dijeran: eres el más fuerte.

Quise ser escritor porque tuve miedo.

Un niño pasa en bicicleta con un violín atado a su espalda.

No tengas miedo.

Me dijeron que algunos fusilados en la guerra civil española estaban en silencio, con la boca vendada, los ojos no, con las espaldas contra el muro, en silencio, pero cantaban por dentro. Pero nadie puede saber si los otros cantan por dentro o no.

En el baño un negro era golpeado por cuatro blancos y yo subí las escaleras corriendo, tuve miedo.

Cogí la mano de mi hija. Ella repitió pipí, pipí, y señalaba las escaleras. Yo le dije:

–No tienes pipí.

Y la obligué a decir: eres la más fuerte.

Napoleón nos persigue, le dije, tenemos que huir muy rápido. Y comenzamos los dos a correr, cogidos de la mano, ella con grititos y yo con rugidos, a saltos, casi alegre, lleno de miedo.

EL CUELLO LARGO DEL CISNE

Un cuello largo se vuelve violento, es una agresión a las apariencias el cuello grande, ¿entiendes? Pocas imágenes perturban más que la del cisne con la cabeza separada del cuerpo, pero con las dos partes todavía allí, visibles.

–¿Qué quieres? No puedes prohibir ni los animales con cuello largo ni la debilidad. La debilidad es una invitación a los fuertes, ¿pero qué quieres hacer? Vuélvete fuerte y todavía más fuerte, y basta. Evita el cuello largo. Cuando tu cuello comience a alargarse, córtalo.

Entré en casa. Un piano sin muchas teclas, algunas todavía suenan, pero la voz de un animal herido suena diferente.

–Este piano ya no puede tocarse.

Los animales (como los hombres) cuando están cerca de la muerte se quedan con la voz semejante a la de los padres. Asusta, pero es bueno.

Puedes poner alas detrás de la espalda fingiendo que eres un ángel.

Pero serás enterrado de todas maneras.

Es otra la violencia de la que a veces me acuerdo: la idea de un hombre viejo y desnudo y muerto a quien pusieron dos alas de ángel en las espaldas, alas de ángel hechas de cartón, pintadas de blanco, y veo que ese cadáver está siendo colocado en un ataúd y después las palas echando tierra encima.

O entonces ve esto: el cadáver de un hombre desnudo, acostado en una camilla de hospital, en un pasillo.

Alguien (¿una enfermera?) le puso en la espalda unas alas de ángel, blancas. Para no romperlas alguien giró el cuerpo de espalda y, ahora, quien pasa por el pasillo del hospital ve la espalda de un hombre, y el culo, las piernas, pero la espalda apenas la ve porque el cadáver tiene unas alas de ángel sobre la espalda.

Mira: nadie lo tapa, y ¿por qué nadie lo tapa? Es ridículo, estamos en el hospital, ¿por qué nadie lo tapa? ¿Con una sábana? Nadie lo tapó.

Y mira: imagina que todos los funcionarios y médicos se encuentran ocupados, apurados, tareas para aguantar más a algunos vivos entre los vivos, y allí hay un cadáver, se acabó: yo trabajo para los vivos, no trabajo para los muertos.

Y ve esto, intenta ver: las personas pasan de un lado hacia el otro, y nadie parece mirar, nadie toca (pero tú mira), nadie cambia nada, y el cadáver se queda allí, aquel día y la noche, y al otro día y al otro día, y el cadáver entonces comienza a oler. Comienza a oler y tiene alas de ángel, blancas, y el color del cuerpo comienza a cambiar. Se ve el culo del hombre, el cadáver con el culo hacia arriba como duermen algunas personas, como algunas mujeres fingen todavía dormir, así, en esa posición, por la mañana, pero para provocar a su marido, mi culo hacia arriba para seducir a mi marido. La sábana por la mitad, no podemos enseñar todo, media nalga a la vista, el resto tapado, pero la media nalga –fingiendo que duerme– atrae, provoca a su marido. Pero allí no. No hay sábana ni estrategia, las dos nalgas se ven, una y otra, y el hombre murió hace tres días y permanece en el pasillo del hospital. ¿Quién le puso las alas? Los amigos no ponen alas, una mujer enamorada no pone alas, agarra el cuerpo, solloza, se rebela contra Cristo, pero no pone alas. ¿Entonces, quién? ¿Las enfermeras? ¿Un médico? ¿Alguien que quiere jugar a ser artista con un cadáver? ¿Quién?

Pero oye esto, por favor, mira esto: tenía alas de ángel, pero ya olía, ya olía mucho.

ÍNDICE

Este libro se terminó de imprimir
el día 20 de marzo de 2010
en los *Talleres Editoriales Cometa, S. A.*
de Zaragoza